凝眸
蘭陽詩行

方群——著

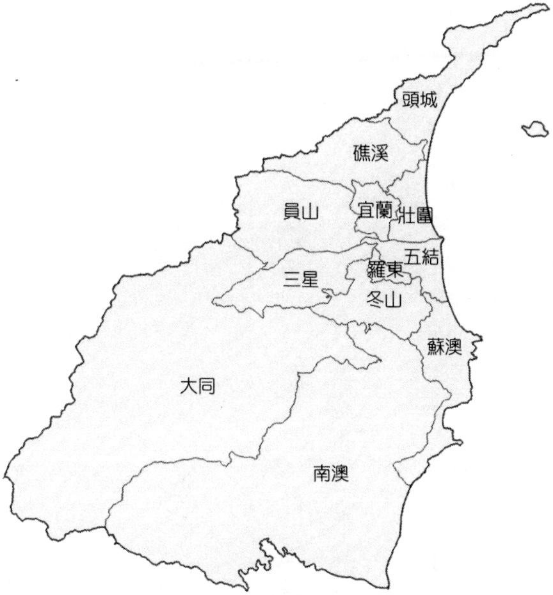

宜蘭縣轄區圖

圖片來源：wikipedia；底圖繪製：Aaaas2002

自序／緣起・蘭陽

方群

《凝眸——蘭陽詩行》是個人正式出版的第十三冊詩集，也是繼馬祖、花蓮、金門與澎湖後的第五本縣市地誌詩。但若是依詩作結集完成的順序來看，它理應僅次於《邊境巡航——馬祖印象座標》，然由於漫長的「難產」，推遲了這部詩集的出版，但它在這一段地誌詩的創作旅程中，實占有承先啟後的重要地位，是以縱然命運多舛，也終究克服現實的種種困境而昂然面世。

《凝眸——蘭陽詩行》是個人長期在蘭陽旅行、觀覽、遊憩與省思的結集，內容共分四卷。「卷一：山海遊蹤」收錄詩作十六首，主要是遊歷各地景點的見聞感懷，地點或有大小，時間亦見新舊，然日夜輪轉，四季更迭，生活亦在滄桑間往返循環。

蘭陽美食在寶島獨樹一幟，「卷二：珍饈點名」分以宜蘭十二個鄉鎮市為界，針對各式的美食小吃，完成十二首各自獨立卻又彼此相關的組詩。這些創作不但是文字的真誠描繪，也是現實人生的享受歡愉。

「卷三：平行相思」則以縣內兩條鐵路的車站為書寫對象，其中臺鐵車站二十二座，包括「宜蘭線」和「北迴線」，每站均以三行的固定形式呈現。至於羅東森林鐵道的十座車站，則以二行的方式表述。以上兩首組詩，一方面以固定形式展現創作者的內省要求，同時也以相應的內容，展現對歷史與文物的緬懷及致敬。

然而在山水、美食與交通之外，宜蘭特殊的人文風情也不遑多讓。「卷四：藝文顯像」則以十位辭世的宜蘭藝文名家為本，結合其生平與作品入詩，題目則為人名加上詩作首行，詩作結構皆採四行兩段結構，詩末並附小傳佐證，表達對先賢的崇仰欽羨。

《文心雕龍・物色》嘗曰：「詩人感物，聯類不窮。流連萬象之際，沉吟視聽之區。寫氣圖貌，既隨物以宛轉；屬采附聲，亦與心而徘徊。」蘭陽的山水風光與人文素養，自有其地方特色。《凝眸——蘭陽詩行》的四十首創作不僅是個人的創作抒發，也是對蘭陽山水人文的虔誠擁抱，寄望這些作品的刊行，也能讓所有曾經的居民與過客，繼續為這塊豐饒無私的堅忍土地，寫下更多可以互為呼應的輝煌現在與璀璨未來。

CONTENTS

卷一 山海遊蹤

卷二 珍饈點名

卷三 平行相思

卷四 藝文顯像

卷一

山海遊蹤

ROBERT Y廢墟

乘觀光列車過東北角

——致G

曲折的思念蜿蜒向南方
　孕育著陌生的潮濕情感
我無聲穿越想像的海域
反覆搜尋輪迴的喘息靈魂

妳應該還在那裡，等待著
　縱然烈火焚燒、潮水侵襲
我依然可以辨識妳雙眸的凝望
　在腦海逐漸分解的快閃記憶體

二〇〇六年二月二十一日發表於《中華日報》
二〇〇六年四月發表於《乾坤》第38期

過東北角

・草嶺古道・

翻過季風的腳步
在雲霧間
羽化思念

・天公廟・

祝禱的神祇
氤氳遊子風雨瞭望的
故鄉目光

・龜山島・

依然洶湧的漂浮島嶼
穿過記憶的洋流
幾度，浮沉興衰

二〇一五年一月發表於《秋水》第162期
二〇一五年二月七日發表於《中華日報》

車過雪隧再訪噶瑪蘭有感

明滅閃爍的燈光
穿梭歷史狹窄的甬道
車過噶瑪蘭
迎面撲來太平洋的風浪

迎面撲來太平洋的風浪
掠過搖頭擺尾的龜山島
在季風的邊緣，我們凝視
遊子來來往往的紛亂腳步

遊子來來往往的紛亂腳步
在隧道的兩端不停遷徙
醃漬酸甜的心情蜜餞
關懷冷暖的浮潛湧泉

二〇〇九年五月發表於《葡萄園》第182期

過龜山島

穿過海的纏綿的手
婆娑福爾摩沙纖細的肩頭
彷彿是龍宮遺落的傳說
青春的火焰仍熱烈鼓噪噴湧

在陽光躍起的水平線上
毋需調味的深藍思念
環繞青春縱情的巡遊

在記憶的自拍角落
看眉線拋出放閃的誘餌
曝光你我的封存邂逅

二〇二〇年十一月發表於《金門文藝》第70期
二〇二〇年十二月發表於《創世紀》第205期

過外澳聞薩克斯風

旋律穿過午後的豔陽
歷史的沙灘沒有樹蔭阻擋
海浪拍擊民謠的節奏
歌聲隱隱然有伴唱的憂傷

像是一座已經淪陷的古老城堡
最終的戰役在你到達前便已落幕
沿著二號公路我們無心交換體溫
僅有的舌頭是季節輪替的吞吞吐吐

二〇一六年十月發表於《秋水》第169期

過蘭陽博物館

烏石港的海風依然吹著
深秋的細雨沒有太多意外
你端起滾燙的咖啡淺淺啜飲
順勢盤起頭頂氤氳糾結的雲霧

是誰說傾斜的單面山最適合眺望
讓每一個遊子說出難以癒合的故事
在平原與海浪錯雜交界的生命經緯線
曲折的歷史書寫反覆堆疊的記憶潮間帶

二〇一二年三月發表於《創世紀》第170期

宜蘭二首

．一．

在季節轉換的海灘
外來的遊客穿梭咖啡館
澳口破浪的桅帆航向遠方
尋覓下一座水手暫留的徬徨
找不著的藏寶圖沉沒於深淵
春神吶喊著轉動傾斜的傘
天光閃爍所有不安的隱匿，由我兌換……

·二·

過去再過去
頭也不必偏移了
城市裡一名空集合的女子
不知不覺地徘徊
見與不見，都
零零落落地下起，躡著腳步的
雨

二〇一八年二月發表於《葡萄園》第217期

在金六結

對折退伍令，就可以
看見當年的自己，光頭
完全反射陽光，在蘭陽平原
吶喊青春的回音，撞擊
遺忘眼淚的傾斜肩膀

深秋的候鳥偷偷飛過想像的額頭
翻不過的思念，忐忑
戰鬥教練場反覆的淋漓廝殺

在步槍沉默的半晌，盤點
沉默軍靴踩踏的標靶回響……

二〇一八年六月八日發表於《青年日報》

新天堂樂園

——冬山河整治紀念有感

親吻，水
在歷史奔馳的腳印之外
一道巧奪天工的希望彩虹
橫跨著，古往與今來
交纏著，歡笑與傷痛

一刀一斧，走過茫然的過往
一鏟一鋤，迎向燦爛的日出
汗水澆灌著貧瘠的泥土

河水傾訴著噶瑪蘭的永恆故事
迴盪，在山海之間

在山海之間
無限的視野迅速向四方延伸
這是最真誠甜美的名字
包容，我們開天闢地的愛
寫在寸寸感懷的泥土上
寫在絲絲綿延的流水裡

一九九六年八月三十一日發表於《中華日報》

首訪瘋狂夢想藝術園區

那些曾經沉沒的夢想
在飢渴的陸地邊緣持續瞭望
用金屬交纏鑄打的青春
流連光影閃爍的門窗
穿梭漆黑的時間甬道
羽化的廢墟重生綻放繁花

聆聽侏儸紀忽遠忽近的心跳
共振鐵道南來北往的嘶吼

後記：瘋狂夢想藝術園區——ROBERT Y廢墟，位於宜蘭新馬火車站後站附近，除展示一件85%完整的原件暴龍化石之外，尚有其他藝術創作與收藏，顯現經營者的用心與創意。

二〇二一年二月發表於《葡萄園》第229期

觀光工廠六寫

‧蛋糕密碼館‧

彷彿是初生的喜悅
隱藏的數字
調和美妙人生

・蜜餞形象館・

脣舌忐忑
碰撞酸甜五彩
氤氳邂逅的千般滋味

・鉛筆學校・

一筆一畫的童年
灰濛濛地寫著
迴旋青春的斷續木屑

・米粉產業文化館・

過度曝曬的濃縮心事
讓風任性梳理
或長或短或乾或濕的回憶

・蜡筆城堡・

頂天立地的志氣
用夢想懸掛
瞭望七彩的虹

·珍奶文化館·

翻山越嶺的季風
滾動著
凝視天地的晶瑩

二〇二一年三月發表於《創世紀》第206期

過棲蘭見中正銅像有感

過往是雲煙聚散
棲息鳳凰或凡鳥並無差異
蘭花的香氣瀰漫山谷
見賢思齊的霧靄來來去去
中年男子的感傷總是蜿蜒
正常映現時光匍匐的道路
銅鐵澆鑄的沉澱
像是歲月不斷氾濫的谷地

有些淚水的漫步醃漬，可以
感動容顏交會的輪廓

二〇一七年十一月發表於《葡萄園》第216期

思念

——訪太平山見雪有感

零度以下
喧鬧的水也將沉默如冰
我用思念寫信
內容是炭火加熱的細膩情愫
可以在任何時刻重新回味的那種
點點，滴滴

遲來的夜色是一朵朵飄降的雲
一笑就抖落成一地的春意

來自天上，重回人間
冰封你我心底曾經的繽紛記憶
在太多的假設與猜測之後
也許，明天的風還是偏北
　明天的雪依然持續……

一九九六年三月發表於《創世紀》第106期
一九九六年三月十日發表於《中華日報》

在南澳

如果此刻開始飄雨，憂慮的
將會是我無助期盼的遺失目光
在北上或南下的蜿蜒徬徨

沿著海岸的弧線，我想像
山的習慣姿勢該如何傾斜，或者
只是一些斷續的風琴聲

記憶的鐘聲迴盪著，在南澳
關於五月憂慮的班車，始終
沒有離開

二〇一一年八月十一日發表於《人間福報》

莎韻之鐘

——過南澳

總以為是妳的旋律仍盤桓山林
彷如精衛般的不忍或不捨
殖民者的歷史在滔滔滾滾中載浮載沉
鐘聲只是低迴卻不訴說

穿梭的觀光客帶來文明進步的藉口
無法妥協的部落仍一步步向深山退縮
修飾過度的故事留給後人隨意圈點
教材的真偽流連所有逡巡的眼眸

註：一九三八年（昭和十三年）九月，泰雅族少女莎韻（sayon）因協助日籍老師搬運行李，不幸失足落水。總督為褒揚其行，頒贈紀念銅鐘，該鐘即是「莎韻之鐘」。而為配合當時戰爭動員的需求，相關歌曲、繪畫、戲劇、小說紛紛問世，甚至改編成電影，並編入小學教材，成為宣傳樣板。

大雨傾盆

——過蘇花公路逢暴雨有感

急躁的夜色在背後追趕我們疲憊的雨刷
左側是茫茫無涯的起伏海平線
右方是巍峨崢嶸的陡峭山壁
徘徊的思緒輾轉成
是是非非的假設可能

想像還是在很遠很遠的地方
我悄悄地數著
無意識的紛亂節奏

敲打著昔日思念的繁複密碼
我握雙手成陰陽的輪盤
賭注一生的成王敗寇

滂沱的大雨依然傾盆，墜落
等待的心卻不能草草風乾
在蘇花公路崎嶇的偶然陰影片段
時間的秒針已寂然
停　　格

一九九六年七月發表於《創世紀》第107期

卷二

珍饈點名

頭城美食

．茶葉蛋．

一路蜿蜒的傳奇
烹煮歷史
滿足肚腹暈眩的空虛

・麻醬麵・

在微溫的碗中
沉默等待
邂逅年少熱情的麵條

・芋冰・

凝結平順綿密的相遇
簡易的甘甜
滑出童年的單純思念

二〇一八年五月十五日發表於《人間福報》

礁溪美食

·蔥油餅·

郵局外的人龍左右纏繞
不為郵票信封不為存提匯款
只有鐵鍋中翻滾沉浮的等待
娓娓訴說未來

·八寶冬粉·

彷彿是透明的歲月穿越
過多的酸甜香辣渾濁人生
不能簡單的簡單
終究遺失了無法回味的悸動

·肉包·

板凳倒數
揭開專注垂涎的號碼
當列車跺過氤氳的平交道
胃腸總習慣聆聽寂寞的無限回響

二〇一八年八月發表於《葡萄園》第219期

壯圍美食

・烤青蚵・

在火焰中，等待
穿透岩石的殼
饕餮海的滋味

．河粉蛋餅．

停泊山與海的交界
傳聞異鄉訴說
翻滾驚訝的脣齒

二〇一八年十月發表於《乾坤》第88期

宜蘭美食

·貓耳朵·

輕靈起落
聆聽透明的鏗鏘
生命飽滿

．紅糟魷魚．

氽燙之後
修長的身影悄悄穿過
亮麗的名字卻徘徊良久

．蜜餞．

總有些意外竄出
濃縮的四季列隊交疊
是比甜還要甜的另一種甜

・綠豆沙牛奶・

清涼降火與溫潤調和
一杯盛夏的渴望
匍匐味蕾的調色盤

・嘟好燒・

一口剛好
以夜色包裹餡料
在陸橋的肩膀漫遊年少

·西魯肉·

混雜童年的山珍海味
在拮据的年代懷想
跨越時間廊道

二〇一八年六月發表於《笠》第325期

員山美食

．魚丸米粉．

海與山的交會，是
一座城市和港灣的
交融密碼

‧雞腿肉粽‧

揭開平凡的神祕包裹
虎視眈眈的代打者
一棒轟出場外

二〇一八年十月發表於《乾坤》第88期

五結美食

‧鴨賞‧

氤氳歲月的封藏
在挑剔的口腔，洄游……

‧花生糖‧

高溫之後的反覆碾壓碾壓反覆
緊握，擁抱青春

・甕缸雞・

暗香隱隱的浮動玄機，隱藏
舌尖搜尋的誘惑

二〇一八年十一月發表於《華文現代詩》第19期

羅東美食

・龍鳳腿・

傳說的珍藏不容置喙
油鍋爆裂腹部下側的肥美

・肉焿・

濃稠也好清淡也罷
若隱若現的裸露直接誘惑

・臭豆腐・

口鼻極端的對比激情
幻化人生

・糕渣・

善於偽裝的軟嫩溫吞
是老友燙口的熾熱

・羊肉湯・

想念的時候總會溫馴地回來
封存中藥的味道

・包心粉圓・

山盟海誓的回首相遇
無法以昔日的體溫去冰

二〇一八年六月發表於《創世紀》第195期

三星美食

·上將梨·

最高階級的讚美
關於想念
關於滋味

‧蔥‧

清清白白
修長的身形竄出
溫柔回眸

‧卜肉‧

彷彿鬼神的寓言
赤裸翻滾油鍋
飄逸芬芳

二〇一八年八月發表於《華文現代詩》第18期

大同美食

・猴頭菇火鍋・

攀附著濃密森林的古老傳說
來自四面八方的呼嘯
穿透耳膜

我們燃燒冰冷的篝火
有些智慧的言語
蠢蠢欲動

·馬告紅燒排骨·

沿著祖靈低調的腳步埋伏
泉水汩汩
隱約有月色吐露

糾結的肚腹期待歡呼
獵刀劈下豪情
是泰雅紋面的聳立族譜

二〇一八年八月發表於《華文現代詩》第18期

冬山美食

・米苔目・

或甜或鹹或冷或熱
來者不拒的鄉下人
習慣純樸滋味

‧米粉粿‧

始終交纏的記憶
在大地與溪流分治的領域
凝結體溫

二〇一八年十一月發表於《華文現代詩》第19期

蘇澳美食

・羊羹・

凝固童年模糊的甜膩想像
瞳孔透光

・米糕・

與米的終極邂逅
翻攪鹹香的溫存

·魚丸·

插上翅膀就可以在大海跳躍捕食
落日

二〇一八年十月五日發表於《更生日報》

南澳美食

・傳道冰・

讓一切的可能相遇
混雜甜美的甘霖
見證上帝

·烏醋麵·

假設一種清白的濃稠
翻滾微酸
以心情調味

二〇一八年十月九日發表於《更生日報》

卷三

平行相思

宜蘭鐵道祕語（二十二則）

前言：宜蘭縣境內共有臺鐵車站二十二座，石城、大里、大溪、龜山、外澳、頭城、頂埔、礁溪、四城、宜蘭、二結、中里、羅東、冬山、新馬、蘇澳新、蘇澳為宜蘭線，蘇澳新、永樂、東澳、南澳、武塔、漢本則屬北迴線。

・石城・

穿過草嶺的鼻腔
呼吸島的芬芳
在飄逸的海的肩膀

・大里・

傾聽百姓虔誠默禱
玉皇的眼光
環顧太平洋滔滔回響

・大溪・

多麼甜蜜的新婚海灣
該有靈犀相通
在山的彼端重複呼喚

·龜山·

渡海後的模糊名字
可以鐫刻在
如箭的筆直瞭望

·外澳·

防風林之外的海和思念
在沙灘層層累積
曾經絢爛的青春色彩

・頭城・

矗立時代的軌跡
我們攜手相圍
在平原的額頭展開瞭望

・頂埔・

彷彿是北捷的終站
寧靜的田土
從不分心張望

‧礁溪‧

在水與水的絮語中
氤氳仙境
昇華性靈

‧四城‧

拓墾的腳步始終未曾停歇
你靜靜躺在大地
享用無盡的纏綿稻香

‧宜蘭‧

該如何想像一座適合蘭花的城？
善意的齟齬
咀嚼時空錯置的美好

‧二結‧

越過蘭陽溪我們持續向南
穿越砂石和穀倉
拖行可以寄託的信仰

·中里·

前瞻後顧地凝視
兩公里內的尷尬距離
空虛擺盪

·羅東·

早已遺忘的茂密森林
習慣在諧音搜尋
猴群嘶吼的跳躍遷徙

‧冬山‧

緩緩泊靠盎然綠舟
航向生態夢想
回歸人文渴望

‧新馬‧

率性地拼湊
你我僅存的暱稱
彎道駐留

・蘇澳新・

走過南新城和南聖湖
交會宜蘭與北迴
呼嘯任性塗抹的容顏

・蘇澳・

總被誤會成偶然分岔的終點
面對自以為是的枝節
堅持奔走在往返區間

·永樂·

用水泥凝固時空分合
在山與山的間隙
彷彿聽見木屐，敲響……

·東澳·

穿過堅毅的烏石鼻
聽說湧泉間歇的紋面記憶
閒聊刀槍蠻貊低語

・南澳・

觀音慈眉
看蜿蜒的公路筆直劃開
錯落的藩籬與歸屬

・武塔・

用泰雅的腳步踏查
莎韻之鐘是否仍悠然敲響？
遺失傳說的祕圖

・漢本・

過度膨脹的沙文本位
巧妙呼應——
無心均分的字義巧合

二〇一八年十一月發表於《野薑花》第30期

羅東森林鐵道（十寫）

前言：羅東森林鐵道全長約36公里，是臺灣三大森林鐵路之一，沿途設有：土場、樂水（濁水）、牛鬥、清水湖（清水）、天送埤、三星（叭哩沙）、萬富（二萬五）、大洲、歪仔歪、竹林等十座車站，自一九二四年全線通車，至一九七九年全面停駛。

·土場·

沉睡的駐留
是否懷念童年喃喃的搖擺？

・樂水・

隱藏的破落門牌
旋轉語音切換的緬懷

・牛鬥・

怒氣沖沖
激盪雨水恣肆飄落

·清水湖·

逐漸隱沒的路線
在蘭陽溪的傾斜肩膀

·天送埤·

上天的恩澤點滴累積
傳說也許還會靠站

・三星・

總是有光，匯聚
二十四小時的纏綿希望

・萬富・

不可思議的價值傳說
從鐵軌到公路

·大洲·

模擬一場幸福的邂逅
悵惘回頭

·歪仔歪·

耙梳歷史圖象
諦聽噶瑪蘭的傾頹回響

・竹林・

放慢腳步諦聽
彷彿有君子吟嘯的聲音

二〇一八年九月發表於《創世紀》第196期

卷四

藝文顯像

藍蔭鼎

——就用水和顏色建築這個世界

就用水和顏色建築這個世界
來自鄉野的畫筆
走進學校走進藝術殿堂
點染仰望的陽光與足下堅實的土壤
從日治的過往邁向另一頁藍天
融入水墨的故鄉持續閃閃發亮
不孤單的孤星巡遊四海
在藝術和文學交會絢麗的航向

*藍蔭鼎（一九〇三－一九七九），宜蘭羅東人，水彩畫家，由石川欽一郎發掘其天賦並收為門徒，其畫風始終堅持鄉土路線，眷念於家鄉的景物，亦曾多次赴海外展出。在畫作之外的文學作品，以《宗教與藝術》、《藝術與人生》、《鼎廬小語》最為知名，〈飲水思源〉一篇曾被收錄於國中國文教材。

二〇一八年八月發表於《笠》第326期

王攀元

——翻越戰火的交纏門檻

翻越戰火的交纏門檻
腳步是漸行漸遠的異鄉或故鄉
在島嶼東北方隱匿色彩
象徵與指涉也是繪畫詮釋的苦澀美感

無邊天地是遼闊的胸襟
狗與馬是夥伴也是故鄉記憶
至於紅衣人遊走的畫框
盤點歲月如光影轉換

＊王攀元（一九〇九－二〇一七），生於江蘇，上海美專畢業，戰後攜眷來臺，一九五二年羅東高中聘為美術教師，從此定居並終老於此。一九六一年與友人組成「蘭陽畫會」，開始進入創作黃金期，作品用色簡單大膽，構圖簡約動人，有「畫布上的詩人」之譽，二〇〇一年獲國家文藝獎，在水彩、油畫與水墨皆卓然有成。

二〇一八年八月發表於《笠》第326期

李榮春

——在滄海桑田的小鎮遇見你

在滄海桑田的小鎮遇見你
隱藏文學史街道的縫隙
擺渡兩岸糾結的記憶風雨
家鄉的土地總是充滿奶香與甜蜜

沒有路用還是可以開心地住在圖書館裡
用眼睛和建築偕行見證歷史
剩下的文字將會不斷訴說
你用生命燃起一盞自適的燭火

＊李榮春（一九一四－一九九四），宜蘭頭城人，小說家，一九三八年加入臺灣農業義勇團前往大陸，一九四六年返回臺灣投入文學創作。曾與陳火泉、廖清秀、鍾肇政、鍾理和等臺籍作家組成《文友通訊》。著有《海角歸人》、《洋樓芳夢》、《衛神父》、《李家老四》、《懷母》、《祖國與同胞》等。

二〇一八年九月發表於《野薑花》第26期

楊英風

——彷如鋼鐵鳳凰等待翱翔

彷如鋼鐵鳳凰等待翱翔
降臨無暇的光滑表面
讓偉人定格永恆
看金馬越過膠卷

切割沉默的時間
雕鑿空白的領域
焊接打磨人與天地僅存的絲毫感觸
以風的姿態

＊楊英風（一九二六－一九九七），宜蘭人，幼年隨父母赴北平求學，之後入東京美術學校，因戰亂輾轉，最終進入臺灣省立師範學院（臺灣師大）就讀。一九六二年起開始專心經營雕塑創作，之後受邀在各地舉行大型展覽，獲得殊榮無數，後期的抽象組合和不銹鋼材質創作，尤為個人特色。

二〇一八年九月發表於《野薑花》第26期

廖風德

——既然是親戚又何必計較呢？

既然是親戚又何必計較呢？
生活如此
文學如此
但現實的政治也許不是如此

時間滴答彷彿脈搏回應
你用一種猝不及防的心悸匆匆開場
至於剩下數不清等待的接續演出
誠心徵求臨演

＊廖風德（一九五一－二〇〇八），筆名廖蕾夫，宜蘭冬山人，政治大學歷史系博士。曾任記者、雜誌主編、總編輯、大學教授、立法委員、中國國民黨副秘書長兼組發會主委。創作以小說為主，曾兩獲聯合報文學獎，小說《隔壁親家》被拍成電視連續劇，影響頗為深遠。

二〇一八年十月發表於《笠》第327期

李潼
——走進歌聲與童話的國度

走進歌聲與童話的國度
漸漸遺忘的名字閃現螢幕
在土地種下想像的種子
你執筆澆灌無垠的想像魔術

孤獨的月琴伴奏喧鬧的廟會
走在街頭回味電影散場後的散場電影
再見天人菊是再見或是再也不見
少年噶瑪蘭是永遠年輕的巡航

＊李潼（一九五三—二〇〇四），本名賴西安，生於花蓮，定居宜蘭羅東，空中行專畢業。創作類型多樣，以歌詞和兒童文學最為知名，曾獲時報文學獎、國家文藝獎等。歌詞如〈廟會〉、〈月琴〉、〈散場電影〉皆膾炙人口，另著有《順風耳的新香爐》、《再見天人菊》、《少年噶瑪蘭》、《水柳村的抱抱樹》、《少年龍船隊》等。

二〇一八年十月發表於《笠》第327期

羅曼菲

——就從蛇的肢體說起

就從蛇的肢體說起
打開雲端飄渺的門，你會看見
夢想越界
在城市邊緣編寫羽化的短歌

緩慢呼吸肺葉單純的聲音
你用自己的舞步詮釋生命的樣子
就像一株飛翔的蒲公英
展翅，很輕也很遠

＊羅曼菲（一九五五－二〇〇六），宜蘭人，五歲開始習舞，蘭陽女中，臺灣大學外文系畢業，紐約大學舞蹈碩士。曾任藝術學院（臺北藝術大學）舞蹈系主任、所長，雲門2藝術總監與世界舞蹈聯盟亞太編舞家大會主席，為知名舞者、編舞家和教育工作者，曾獲吳三連藝術獎和國家文藝獎。

二〇一八年十一月發表於《葡萄園》第220期

羅葉

——穿過媒體和學校的窗口

穿過媒體和學校的窗口
你桀驁的髮絲閃著不落的夕陽
蟄伏的詩悄悄爬上參天古木
應該還有很多的話沒說

社會是一只無情搖晃的碗
隨季風與暴雨飄向疲憊的海洋
當燈塔點亮一盞盞的莫名鄉愁
曾經鼓動的浪潮日夜依舊

＊羅葉（一九六五—二〇一〇），本名羅元輔，宜蘭人，臺灣大學社會系畢業。曾任職於媒體及學校，創作以詩與小說為主，曾獲聯合報、自由時報、中國時報、中央日報等文學獎，以及教育部文藝創作獎、臺灣文學獎，著有《蟬的發芽》、《對你的感覺》、《病愛與救贖》等。

二〇一八年十一月發表於《葡萄園》第220期

黃國峻

——把自己寫成一則難解的寓言

把自己寫成一則難解的寓言
羞澀且過於節縮的對話與陳述，真的
太短
彷彿一面無法展開的帆

典型的後設說法可以解釋
抉擇目光組合的結局
撥開你習慣瞭望的水平線
靈魂可以隨時航行，任意靠岸

＊黃國峻（一九七一－二〇〇三），宜蘭羅東人，淡江中學畢業，父親是小說家黃春明。創作以小說為主，曾獲聯合文學小說新人獎推薦獎，著有《度外》、《盲目的注視》、《是或一點也不》和《水門的洞口》。

二〇一九年一月發表於《大海洋》第98期

張清志

——張開天網捕捉

張開天網捕捉
清明閃現的奔竄靈感
志氣是勇往直前的衝鋒隊
文學的氛圍正濃烈

留給歷史討論的篇章
下下輩子也許還得用脣舌爭辯
懷想一種逆風的姿勢，你
念念不忘的點橫豎撇

*張清志（一九七二－二〇〇六），宜蘭蘇澳人，南華大學哲學系碩士。曾任《中央日報》副刊編輯、《印刻文學生活誌》主編。創作以散文為主，兼及小說。曾獲梁實秋文學獎、臺灣省文學獎、臺北文學獎等獎項。著有《流螢點火》、《告別的年代》、《藍色的舞踊》等。

二〇一九年一月發表於《大海洋》第98期

語言文學類　PG2713　秀詩人97

凝眸——蘭陽詩行

作　　者／方　群
責任編輯／孟人玉
圖文排版／陳彥妏
封面設計／王嵩賀

發 行 人／宋政坤
法律顧問／毛國樑　律師
出版發行／秀威資訊科技股份有限公司
114台北市內湖區瑞光路76巷65號1樓
電話：+886-2-2796-3638　傳真：+886-2-2796-1377
http://www.showwe.com.tw
劃撥帳號／19563868　戶名：秀威資訊科技股份有限公司
讀者服務信箱：service@showwe.com.tw
展售門市／國家書店（松江門市）
104台北市中山區松江路209號1樓
電話：+886-2-2518-0207　傳真：+886-2-2518-0778
網路訂購／秀威網路書店：https://store.showwe.tw
國家網路書店：https://www.govbooks.com.tw

2022年3月　BOD一版
定價：220元

讀者回函卡

國家圖書館出版品預行編目

凝眸——蘭陽詩行/方群著. -- 一版. -- 臺北市：秀威資訊科技股份有限公司, 2022.03

面； 公分. -- (語言文學類 ; PG2713)(秀詩人 ; 97)

BOD版

ISBN 978-626-7088-20-3(平裝)

863.51 110020839